그리운 파란만장

시작시인선 0169 그리운 파란만장

1판 1쇄 펴낸날 2014년 9월 22일
지은이 김왕노
펴낸이 채상우
디자인 정선형
펴낸곳 (주)천년의시작
등록번호 제301-2012-033호
등록일자 2006년 1월 10일
주소 100-380 서울시 중구 동호로27길 30, 413호(묵정동, 대학문화원)
전화 02-723-8668
팩스 02-723-8630
홈페이지 www.poempoem.com
이메일 poemsijak@hanmail.net

ⓒ김왕노, 2014, printed in Seoul, Korea

ISBN 978-89-6021-218-3 04810
      978-89-6021-069-1 04810(세트)

값 9,000원

*김왕노 시인은 2013년 한국문화예술위원회에서 지원하는 아르코문학창작기금을 수혜
 받았습니다.

그리운 파란만장

김 왕 노

천년의
ㅅ 작

인디언은 말을 타고 달리다가
잠깐 멈추어 선다고 한다.
영혼이 따라오기를 기다린다고……
난 끊임없이 달려야 하는
말 같은 운명을 가지고 태어났다.
몸은 먼저 달려가고 몸을 따라가지 못한
슬픈 영혼의 기록이 내 시다.
발기한 영혼을 어찌하지 못한 채
홀로 떠난 슬픈 몸의 노래가 시다.

차례

시인의 말

제1부

수국 꽃 수의

큰형 동생네 식구 우리 식구가 모여
어머니 수의를
좋은 삼베로 미리 장만하자 상의하였다.
다소 시적인 어머니 그 말씀 듣고는
그 마음 다 알지만
세상이 다 수의인데 그럴 필요 없단다.
아침에 새소리가 수의였고
어젯밤 아버지가 다녀가신 어머니 꿈이 수의였고
그까짓 죽은 몸이 입고 가는 옷 한 벌보다
헐벗은 마음이 곱게 입고 가는
세상의 아름다운 기억 한 벌이
세상 그 어떤 수의보다 좋은 수의라며
여유가 있다면 마당에 꽃이나 더 심으라 하셨다.
그 말씀 후 철마다 여름 마당에 수국 꽃 환한 수의가
어머니 잠든 머리 곁에 곱게 놓여 있다.

강

말조개 한 마리가 지키는 강에 갔다.
투망질하여도
누치 한 마리 없는 강에 갔다.
팔월은 강가에 앉아 풀로 우거지는데
말조개 한 마리만 우는 강에 갔다.
말조개 울음이 궁금했는지
백로 한 마리 날개를 접고 다소곳한데
씨알 좋은 내 사랑이 비늘 번뜩이지 않는
달밤에 미친 듯이 수면을 탁탁 치던
내 사랑도 없고 말조개만 있는 강에 갔다.
내 사랑도 강물로 멀리 흘러가 버렸는지
내 사랑을 질투해 울던 물짐승도 없고
말조개 한 마리만 지키는 강에 갔다.
강의 안쪽으로 들어가서 한참이나 울었다.

아버지

줄 것 다 주어 버리고도
발에 걷어차이는 게 개 밥그릇이다.
뺏길 것 다 뺏기고 노리개로
개가 잘근잘근 씹어 대는 것이
개 밥그릇이다.
밤이 늦어 귀가하다 보니
세월에 걷어차여 개 밥그릇으로
어둑한 구석에 나뒹구는 아버지
평생 허기진 개 밥그릇 아버지
세상의 모든 아버지

날아라, 가족

아버지가 날고 어머니가 날았다. 우주 어디에도 날아다니는 가족이 있을 것이다.

속이 비어서 바람이 나서 날라리여서 비행청소년이어서 현대의 거리 위로

난다. 속이 빈 아버지가 날고 바람난 어머니가 날고 날라리인 딸이 날아서 가고

비행청소년인 아들이 날고 날면서 남긴 비행운 같은 흔적이 목련으로 피는데

우주에도 한 가족 두 가족 몇 천 몇 만 가족이 날아다닐 것이고 국경일처럼

난다는 것은 그리 나쁜 일이 아닌 것, 문제는 불시착이거나 투신이라는 것

날아다니는 가족을 따라 함께 난다. 기일의 촛불이 날고 생일이 날고 정신없이

몸을 건너가는 것

월출이 아지매 궤도차 같은 세월이 지나가도 여전히 아리따운 몸매를 가졌다. 월출이 아지매의 아저씨가 먼 공사판에서 보상 하나 없이 죽음만 앞세우고 돌아왔으나 월출이 아지매 눈 하나 깜짝하지 않았다. 논두렁 밭두렁 같은 세월에 자식을 풋콩처럼 심어 잘 키웠다. 논 깊은 곳에는 미꾸라지 통발을 놓고 돈 된다면 무엇이든 챙겨서 알부자 된 월출이 아지매, 읍내 홀아비 몇 건들바람처럼 기웃거렸지만 턱도 없는 일

강물을 건너 꽃 시절이 가듯 월출이 아지매 아저씨의 젊은 날이 자기 몸을 건너갔으면 되었지 그 어떤 놈이 제 몸을 건너려는 것은 어림도 없는 일이라는 월출이 아지매

지금도 허리 낭창하고 고운 눈매 월출이 아지매, 콩밭가 참죽나무에 앉은 뻐꾸기 울음소리에 자꾸 먼 곳을 본다.

개구리

개구리가 밤새 내 흉을 본다.
얼마나 치사하고 더러운지
그렇다고 그렇다 맞장구치면서

논은 개구리가 나를 흉보면서
나를 성토하는 광장
나를 멍석말이해야 한다고 떠든다.

그렇게 흥분해 흉을 보다가
어떤 결의에 이른 듯이 뚝 그쳤다가
그것으로는 너무 약하다 약하다며
다시 중지를 모으는지 와글와글

개구리 우는 밤이 길고 길다.
내 체면이 개구리로 인해
밤새 구겨지고 짓밟혀 가는데도
먼발치에서 와글와글 끝을 내지 않는다.

울음 밥그릇

저 주름살 가득한 독거노인은 울음 밥그릇이다.
징용당해 전쟁터로 떠돌다가 전사한 남편이
저 할머니를 일찍이 울음 밥그릇으로 빚었다.
수절의 긴긴 세월과 유복자로 낳은 아들을 돌보았으나
한때 울음 밥그릇은 윤기가 흐르고 단단하며 자태가 좋
았다.
저 울음 밥그릇 자식의 사업 실패로 금이 가고 이가 깨
졌으나
그래도 이 가을밤 밥그릇 가득 울음이 찰랑인다.
벌레 소리와 함께 철철철 넘쳐 난 울음이 강물을 이룬다.
저 울음 밥그릇에 발 한번 담근 사람도 함께 운다.
독거노인이란 울음 밥그릇에 가득 넘치는 것은
비우고 비워도 다 비우지 못할 할머니의 비린 인생사
복지 제도로도 달래거나 그치게 하지 못한 질긴 울음
가도가도 긴긴 달 푸른 밤 울음 또한 길고 깊다.

갑골문자

뼛골까지 시려 온다.

시간의 변죽을 두들기면서
맴놀이 현상으로 오는 당신이 멀다는 소식

맨발로 집 밖으로 쫓겨난 아이의 저녁처럼
발끝이 시려 온다.

당신과 나와의 거리는
몇 만 리나 될까

그립다고 우거진 저 풀밭에서 우는
누룩뱀의 울음소리는 몇 데시벨이 될까

좁힐 수 없는 날의 그리운 말을
어딘가에 새겨야 한다.

밤이 깊다.

그리움의 끝을 단단하게 세워

뼈마디 마디마다

보고 싶단 말을 뜨겁게 새겨 간다.

그립다는 말의 분주

저 허공으로 쏟아지는 꽃도 그리움이란 말이다.

겨우내 이곳저곳에 꼭꼭 숨긴 그립다는 말의 반란인 것이다.

개구리 자지러지는 울음소리만으로도 나는 어지러운데

저 허공에 몇 자루의 쌀처럼 쏟아지는 꽃

쏟아지는 꽃 소리로 인해 난 까무러칠 것 같은 것이다.

나도 그립다는 말의 탄생석으로 태어났으므로

저 쏟아지는 꽃 소리에 휩쓸려 가는 것이다.

갑자기 터지는 생리 혈처럼 허공에 일어나는 꽃 사태

그리움을 숨기지 못한 저 안달

왈칵 끼쳐 오는 꽃 비린내에 취해 이리저리 비틀대는 것이다.

그립다는 말이 꽃으로 흐드러져 방방곡곡 삼천리강산에

온통 꽃 피는 소리 소리의 뒤범벅

적막도 고요도 다 꽃 피는 소리에 휩쓸려 난리인 것이다.

마지막 여자 빨치산

　마지막 여자 빨치산을 알아, 33년 경남 산청에서 태어나 6.25가 발발하자 남편이 인민군을 따라 지리산으로 들어가자 남편을 찾아 51년 2월 열여덟 새색시 빨치산으로 활약다 63년에 잡힌 전설의 여자 빨치산 정순덕, 그가 골골 다니면서 찾던 남편을 알아, 죽어 버린 남편을 향한 그리움은 지리산 풀꽃으로 피고 지고, 사슴이 되어 골골마다 울고, 그녀가 찾던 것은 날선 이념이 아니라 남편이었던 것을, 그 순정, 그 순애보를 아느냐고, 수구지심이듯 남편이 간 곳을 향해 두던 머리, 전향을 모르던 그 사랑을 아느냐고, 대대적인 토벌 작전에도 살아남은 비전향 장기수의 사랑을 아느냐고, 너무나 쉽게 어둠 한구석으로 묻혀 가는 그 애절한 사랑을 아느냐고, 체포 시 대퇴부 총상으로 한 다리를 절단한 불구의 몸으로도 불멸의 사랑을 꿈꾸던 마지막 여자 빨치산, 투병, 투병으로도 죽은 남편의 하늘을 찾아가다가 끝내 꿈이 꺾인 그 사랑을 아느냐고, 지리산 구름과 바람과 별과 새와 짐승, 녹슨 장총이 민가의 뒤란이 다 아는 그 사랑을 아느냐고, 그 지고지순했던 사랑의 자초지종을 아느냐고, 슬픈 역사의 그 꼬투리를 보기나 했느냐고

소파

　아버지는 소파, 사내는 모름지기 소파 같아야 한다며 아
버지는 갈매기파도 아니고 북문파도 아니고 소장파도 아니
고 자칭 소파라고 불렀네.
　자식들 성장해 과체중 몸을 던져도 관절염 다리로 디스
크 삐져나온 허리로 다 받아들이던 소파, 낡아서 버린다고
대형 폐기물 딱지 한 장 붙이고 황사 속 경비실 옆에 거꾸로
처박아 두어도 며칠째 묵묵부답인 소파 아버지, 아버지 버
린 것도 잊은 채 새로 산 소파에 앉아 가족이 TV를 보지만
거꾸로 처박혀 형벌인지 요가 중이신지 쌓인 먼지 속에서
여전히 말이 없으신 아버지

　언젠가 무릎 꿇어앉고 나도 소파의 후계자라며 그 내력
오래 설파하시던 아버지
　내일 구청 폐기물 차를 운구차로 쓰레기 매립장, 그 무
연고자의 묘지로 상주도 없이 너울너울 가실 아버지, 노잣
돈도 선소리도 곡비도 수의마저 없이 논두렁 밭두렁도 없
이 꽃상여도 없이 장마철 죽은 돼지처럼 황사 위로 둥둥 떠
가실 아버지

　한번 버려져 분리수거도 재활용도 없이 영원히 버려지

는 아버지

　　팔뚝에 일심이란 문신이 새겨진 아버지, 한번 소파는 영원한 소파라 힘주어 말하던 아버지

　　버려지는 것도 소파의 일이라 항변 한번 없는 아버지, 소파 아버지

　　나에게 소파의 길 온몸으로 가르치고 떠날 아버지의 길 아롱아롱 비에 젖어 간다.

오동나무집 이모

어머니가 양언니라 부르던 오동나무집 이모 잘 있는지

반어법처럼 이 도시의 오동나무마다 진보랏빛 오동나무
꽃 피는데

오동나무집 아래 작은 평상에서 막걸리 팔면서도

입에 침이 마르도록 자랑하던 서울로 대학 간 아들로 인해

지금은 팔자 고치고 호의호식하는지

어쩌다가 세월의 물결에 실려 오는 오동나무집 이모의
소식

오동나무 잎처럼 뚝뚝 떨어지는 가을밤처럼 슬픈 것이
었는데

그 외아들 서울로 대학 가 직장 잡고 출세해 오동나무집
이모

오동나무 아래의 평상 걷어치우고 손자손녀 재롱에 하
루가 갈까

세월은 한없이 가팔라 비탈에 선 오동나무 같은 그 시
절 지나

어머니가 양언니라 부르던 오동나무 이모도 팔순을 훌
쩍 넘긴 나인데

막걸리 잔마다 가득 띄워 보던 그 슬픈 노랫가락 다 거
두고

26

오동나무집 이모 얼굴 가득 오동나무 꽃 같은 진보랏빛
웃음 피나

　　오동나무 아래 평상을 펴고 막걸리 장사를 하던 그 뜻

　　벽오동 심은 뜻을 봉황이 알듯 지금은 세상이 다 아는 걸
까 생각했는데

　　오늘 훌쩍 올라온 외아들 이민 가서 오동나무집 이모 홀
로 산다는

　　긴가민가한 소식 앞에서 난 소리 죽여 우는데

　　진보랏빛 오동나무 꽃이 이모를 향한 내 마음처럼

　　이 도시 어두운 곳을 밝히며 그립다 그립다며 밤새 피어
나는데

뼈다귀경

이 가을에 뼈다귀 하나 찾아 물고
마르는 풀 냄새 향기로운 곳에 웅크려
허기진 개로 이리저리 핥아 대고 싶다.
맛이야 있겠냐마는 핥다가 보면
혓바닥은 경을 읽는 눈
뼈다귀를 이리저리 굴리고 핥으며
뼈다귀경에 이빨 자국 이리저리 내면서
혀가 너덜거리도록
이빨이 흔들리도록 읽어 가다 보면
수캐 좆이 슬며시 몸 밖으로 삐져나오듯이
마음이 슬며시 삐져나오고
원효가 해골 물을 마시고 깨달음에 이르듯
깨달음이 찾아와 정수리를 툭 때릴 것 같은
뼈다귀경을 읽기 좋은 볕 따사로운 이 가을

돌

뒹굴던 돌에겐 온몸으로 읽은 세상의 이야기가
온몸에 스며들어 있으리라.
뒹굴던 돌이 물에 반쯤 잠겨 있으니 또 저 돌을 읽거나
저 돌이 품은 세상의 이야기를 줄줄이 풀어낸다고
물이 밤새 돌을 졸졸졸, 졸졸졸 읽으면서 흘러간다.
물이 살아 있다는 것은 저 돌을 졸졸졸 읽는 것
돌이 살아 있다는 것도 물에게 이야기를 졸졸졸 푸는 것
때로는 채 들려주지 못한 이야기가 파란 물이끼로
돌에게 돋아나고 그 이야기를 온몸으로 읽는다고
버들치 서너 마리 돌을 끝없이 스쳐 대는 것이다.

내 2시의 구름은

누가 또 바람에 쓰러진 고춧대를 세우고 있다.

누가 또 수취인 부재로 반송된 편지로 울고 있다.

내 2시의 구름은 어디로 날아가는지

금속의 심장을 가진 새가 나르는데

누가 또 이별의 흔적 위에서 소주잔을 하염없이 비우고 있다.

한 땀 한 땀 기웠던 사랑의 실밥이 터져 버려 괴로운 사람이

공복의 쓰라린 속에서 낙타로 터벅이고 있다.

내 2시의 구름은 잔털이 수없이 돋아난 텔레파시가

눈처럼 펄펄 휘날리는 하늘을 건너

어느 목장으로

아니면 어느 남미의 바닷가로 용연향처럼 떠밀려 가는지

내 2시의 구름에는 가사가 투명한 노래가 실렸는데

내 2시의 구름에는 처녀막을 가진 내 영혼이 누웠는데

아직도 구름 노예 사냥꾼이 날뛰는지, 유린하는지

내 2시의 구름을 찾다가

내 2시의 구름 먼 곳에서 고꾸라지는 내 그림자들

흑우

밤새 검은 비가 내렸다고 할 수밖에
비에 젖은 채 어쩔 줄 모르는 거리며 골목
비가 내렸으나 다시 피어날 꽃도 없고
비 맞고 톡톡 깨어날 씨앗들도 없으니
밤새 내린 비는 죽음의 비 흑우일 수밖에
흑우를 맞고 몸 아픈 나무며 깃대며
밤하늘 별을 다 가리고 비가 내렸으니
별을 뺏긴 눈동자며 어린 조막손이며
내가 한 번도 맞아 보지 않았으나
밤새 내렸을 흑우, 그 엄밀한 죽음의 비

제2부

연장통

개나리 피고 새 우는 봄날을 우리에게 물려준 이 있지만
녹슬지 말라고 기름칠하고 잘 손본 연장통을 물려준 아버지
아직도 이가 잘 맞는 몽키니 스패너니 자루가 잘 박힌 망치
언제나 봐도 마음 든든해진다. 녹슬지 말라고 기름종이에 싸 줘
아직도 그 끝이 뾰족하게 살아 있는 못, 삐걱거리는 곳
틈이 벌어진 곳을 드라이버로 조이거나 탕탕 못질하고 싶다.
오늘은 일요일이라 마당 햇볕 속에 앉아서 연장통을 편친다.
손잡이만 빼면 거의 금속성인 연장들이지만 아직도 나는 광택
아버지 돌아가시면서 끝끝내 내게 남겨 준 사랑인 줄 안다.
나도 먼 훗날 아들에게 녹슬지 않는 사랑이 되라고
그 옛날 부지런했던 아버지처럼 앉아 연장을 손본다.
아버지 기억이 다시 한 번 손끝에서 반짝반짝 살아난다.

김씨 가문

황량하고 야윈 세월이 서성거리던 곳을 다져 김씨는 가
문을 세운 것이다.

산 넘어 색시 집안에 신줏단지 모시듯이 모시고 길일을
택해

초야의 촛불을 파 대궁처럼 싱싱하게 피워 올렸다.

아귀가 잘 맞지 않는 집 안 여기저기를 잘 꿰맞추고 금
줄 쳐

태어난 아이 축복하고 할아버지에게 부탁해 이름 하나 얻
을 때 마당가에는

해갈이하던 대추나무 열매가 실하게 주렁주렁 매달려 주
었다지.

아이들 집 안에서 함박꽃처럼 피어나고 적적한 밤에는
어둑한 곳마다

여기저기 찾아든 벌레의 울음소리는 책 읽는 소리에 후
렴구

대소사가 잦은 동네에서도 김씨가 빠지지 않았듯이 김
씨의 집안일에

동네 어른들 모셔서 따뜻한 밥 한 그릇 잘 익힌 술 한 잔
대접할 때

무너진 하늘 한쪽 거뜬히 받칠 정도로 튼튼해진 김씨 가

문의 뼈대

　오랜 가뭄으로도 마르지 않는 뒤란 우물에서 말갛게 차
오르던

　우물물 길어서 뒷물로 쓰던 밤에 태몽이 얼마나 깊어 가
던 가뭄이던지

　선대가 점지해 준 선산에 할아버지 무덤을 쓸 때 찰지던
달구질 소리

　콩 이파리 물결치던 소리 낯익은 비둘기 구구구 소리 속에

　단잠 자던 아이들 이마에 입맞춤하는 실개울을 돌아서
온 바람 몇 줄기

　아이들 자라자 광활한 땅을 찾아 말달리자라는 가훈을
내건 김씨

　한때 광개토대왕의 땅이었던 곳은 우리의 풀꽃이 우리
의 새가 우는 곳

　지금도 고구려의 말발굽 소리가 그리워하는 하늘 맑은
곳이라는 곳

　시대에 벗어나고 엉뚱하지만 들으면 꿈을 머금게 하는 김
씨 가문 이야기

　달 푸른 밤이면 창호지마다 대가 죽을 치는 밤, 사직의
푸른 호흡 소리

창호지 칸칸마다 피어나는 김씨의 집, 볍씨가 잘 갈무리된 가문

항상 열린 문으로 은하수 흐르는 밤과 수국 꽃 환한 여름이 드나드는 것이 보인다.

노동 해방의 아버지

아버지는 지금은 노동에서 해방되어 선산 무덤에 갔다.
평생 아버지가 가장 좋아하는 것은 노동이었다.
끝없이 비 내리는 장마철이면
아버지는 노동이 고파 동네 사람과
어울려서 술 마시다가 멱살잡이를 노동처럼 치열하게 하
였다.
악의도 없이 치고받다가 서로 화해하고
집으로 돌아와 별것도 아닌 걸 가지고 그랬다며
퍼렇게 멍든 볼 달걀로 문지르는 날
무정한 노동
비를 건너서 세월 저 건너편에 있던 노동
아버지 평생 그 노동으로
고봉의 밥 지어 가족 앞에 바쳤다.
아버지의 노동으로 자식의 장딴지가 굵어지고 뼈가 여
물었다.
오늘 저녁 늙은 사철나무에다 철 철 철 오줌 누다가
지붕 끝을 스쳐 온 아버지의 별이 보인다.
노동으로 지쳐 오던 아버지의 가슴에 훈장처럼 빛나던
그 별

어머니 다시 나를 낳으신다

　어머니 주름진 얼굴로 삭아 내린 몸으로 다시 나를 낳으신다. 제발 이렇게 살지 말라고 다시 새롭게 살라고 어머니 다시 나를 낳으신다. 밖에는 비가 오는데 세상은 질척거리는데 미역국을 끓여 줄 그 누구도 없는데 어머니 혼자서 다시 나를 낳으신다. 착하게 살라고 후회하지 않는 사람이 되라고 어머니 내 탯줄을 끊어 주실 힘이 없는데도 어머니 촛불 하나 켜 놓으시고 정화수 한 사발 떠 놓으시고 어머니 다시 나를 낳으신다. 고령이어서 위험한데도 어머니 다시 나를 낳으신다. 뜨거운 눈물로 비린 눈물로 이놈아 제발 인간답게 살라면서 이 신새벽 내가 훔쳐보는 것도 모른 채 다시 나를 낳으신다. 두 손 삭삭 부비면서 미운 털 박힌 며느리처럼 어머니 차디찬 부엌에서 다시 나를 낳으신다.

낫

낫 하면 혀가 입천장에 닿는다. 내 입안에도 천장이 있
다. 하늘이 있다. 별로 수놓아도 좋은 꽃으로 수놓아도 좋
은 낮달이 흘러가도 좋을 입천장, 낫 하면 어느새 혀가 천장
을 가리킨다. 입천장도 하늘이라 혀끝도 부끄러움 한 점 없
이 입천장을 우러르며 살라는지 때로는 낫을 들고 잡풀처럼
우거지는 어둠을 베라는지 먼 친정에 이르듯이 정답게 뻗은
논두렁 밭두렁 같은 길을 내라는지 낫 하면 혀끝이 그렇게
멀고 멀었던 입천장에 어느새 닿는다. 꿈 하면 혀끝이 죄 지
은 듯 가운데로 몰리는데 희망하면 혀끝이 기댈 곳 없이 낮
게 들리는데 낫 하면 혀끝이 먼 너의 하늘을 가리키듯 입천
장을 가리킨다. 움켜쥐고 고부에서 삼례에서 관군을 향해
동학처럼 돌진하고 싶은 낫, 낫 하면 언제나 혀는 새파란 나
의 입천장을 가리킨다. 그리움하면 주눅이 들 듯 혀는 뻗는
데 사랑하면 닿을 곳 없는 혀는 황당한데 낫 하면 혀는 한때
거리에서 끌끌 차던 입천장에 닿는다. 새벽에 세상을 향해
독이 오른 듯 새파랗게 갈던 아버지의 그 낫

41

오래된 독서

서로의 상처를 더듬거나 서로의 마음을 헤아리는 게
누구에게나 오래된 독서네.
일터에서 돌아와 곤히 잠든 남편의 가슴에 맺힌 땀을
늙은 아내가 야윈 손으로 가만히 닦아 주는 것도
햇살 속에 앉아 먼저 간 할아버지를 기다려 보는
할머니의 그 잔주름 주름을 조용히 바라보는 것도
세상 그 무엇보다 중요한 독서 중 독서이기도 하네.
하루를 마치고 새색시와 새신랑이
부드러운 문장 같은 서로의 몸을 더듬다가
불길처럼 활활 타오르는 것도 독서 중 독서이네.
아내의 아픈 몸을 안마해 주면서 백 년 독서를 맹세하다
병든 문장으로 씌여진 아내여서 눈물 왈칵 쏟아지네.

말달리자 아버지, 역발산 아버지

아버지 저승에서 이제 잘 있는지 몰라
아버지 좋아하시는 막걸리 앞에 두고
멸치 안주를 찾을 때 수국 꽃이 저승 마당에
아버지 측근으로 다소곳이 수발드는지
아버지가 저승 푸른 초원에 방목한 말이
지금은 몇 마리 새끼를 쳐서 돌아오는지
집 문밖으로 귀를 기울이시는지도 몰라
아버지 술기운 아니어도 역발산 같으셔서
못 치우거나 못 갈아엎으시는 것이 없으셔
아버지 만물박사라 못 고치시는 것 없었는데
아버지, 아버지 이제 저승에서 난봉꾼으로
고무신 끝 살짝 들어 올리시는 춤사위로
청사포 끝자락 살짝 감아올리는 춤사위로
저승 한 시절 그렇게 보내셔도 좋은데
아버지 그래도 이승에 한번 와서 앞서거니
뒤서거니 하며 북벌의 말 한번 달리자니까.
가쁜 숨 몰아쉬며 부자지간 진한 혈육으로
장백산으로 발해로 말달리자니까? 아버지
내 숨통이 트여지는 그곳으로 아버지
아버지, 아버지 저승에서도 역발산인 아버지

없는 사랑에 대한 에스키스

있다고 하고서 안으면 안기지 않는 사랑, 없다고 하고서 돌아서면 멀리서 안기려 달려오는 사랑, 하나 안을 수 없는 사랑, 불러도 대답 없는 사랑, 부르지 않으면 귀 기울이다가 부르면 멀어지는 사랑, 있으나 없는 사랑, 없으나 늘 내게 있는 사랑, 보려고 하면 보이지 않는 사랑, 보지 않으려 하면 어느새 어렴풋이 떠오르는 사랑, 안드로메다 어느 별에서 만날 것 같은 사랑, 이제 영영 이별일 것 같은 사랑, 소행성 B25를 걷다가 만날 것 같은 사랑, 하나 만날 수 없는 사랑, 내 사랑이라면 내 사랑이 아니고 내 사랑이 아니라면 내 사랑이라고 우기는 사랑, 어떻게 해야 하나, 내 사랑, 내 몰락에의 사랑*

●이연주의 시 제목.

아줌마는 처녀의 미래

애초부터 아줌마는 처녀의 미래, 이건 처녀에게 폭력적인 것일까, 언어폭력일까. 내가 알던 처녀는 모두 아줌마로 갔다. 처녀가 알던 남자도 다 아저씨로 갔다. 하이힐 위에서 곡예하듯 가는 처녀도 아줌마라는 당당한 미래를 가졌다. 퍼질러 앉아 밥을 먹어도 아무도 나무라지 않는 아저씨를 재산목록에 넣고 다니는 아줌마, 곰탕을 보신탕을 끓여주고 보채는 아줌마, 뭔가 아는 아줌마, 경제권을 손에 넣은 아줌마, 멀리서 봐도 겁이 나는 아줌마, 이제 아줌마는 권력의 상징, 그 안에서 사육되는 남자의 나날은 즐겁다고 비명을 질러야 한다. 비상금을 숨기다가 들켜야 한다. 피어싱을 했던 날을 접고 남자는 아줌마에게로 집결된다. 아줌마가 주는 얼차려를 받는다. 아줌마는 처녀의 미래란 말은 지독히 아름답고 권위적이다. 어쨌거나 아줌마는 세상 모든 처녀들의 미래, 퍼스트레이디

쑥

아무리 두더지가 땅을 뒤지며 가고

무거운 군홧발이 지나가고 궤도차가 굉음을 내며 질주
하고

여기저기 박격포 탄이 터져 봐라

쑥은 쑥의 말로 겨우내 도란거리다가 쑥쑥 돋아나는 거다.

지독하다고 면박을 주든 말든 캐든 말든 쑥은 쑥쑥 쑥
은 쏙쏙

쑥의 정신을 본받으면 두려운 것이 어디 있으랴

밭두렁 논두렁이 다 까뒤집어지고 게 발인지 개 발인지
개발인지

계발인지 지랄염병 떨어도 이 땅에 봄이 오면

봄의 파수꾼으로 여기도 쑥쑥 저기도 쑥쑥 오늘도 쑥쑥

내일도 쑥은 쑥쑥 쏙은 쏙쏙 그 노래 뜨겁지 않으랴.

쑥 캐던 처녀가 바람나는 것도 그 쑥쑥 그 쏙쏙 그 기운
때문

어둠을 밀쳐 대며 겨울을 밀쳐 대며 발끈한 그 쑥 때문
이 아닌가.

어둠을 대차게 파고드는 그 쏙 때문이 아닌가.

바다에는 쏙이 쏙쏙 들판에는 쑥이 쑥쑥 이 진풍경, 이
삶의 장엄

그 누가 어쩌겠느냐. 누가 이 쑥쑥과 이 쏙쏙과 대적하
겠느냐.

여기서도 죽창처럼 쑥쑥 돋아나는 쑥을

저기서도 죽창처럼 쏙쏙 파고드는 쏙을

그들의 사주를 받고 자꾸 형형해지는 저 눈빛은 또 어찌
하겠냐.

만추

T. S. 엘리엇의 황무지를 알지만 황무지에 가 본 적은 없다. 황무지의 쓸쓸함을 느낀 적 없다. 황무지에 깔린 사금파리 같은 새들의 울음을 들은 적 없다. 형사를 따돌리듯 족제비를 따돌리고 굴 안에 숨어든 황무지의 생쥐를 만난적 없다. T. S. 엘리엇의 성스러운 숲을 읽었으나 성스런 숲에 간 적 없다. 그 숲에 사는 민달팽이니 움막에 가 본 적이 없다. 그 숲에 사는 은여우나 사슴의 녹명을 들은 적 없다. 성스런 숲은 처녀의 거웃을 상징하는지 알지 못한다. 성스런 숲으로 황급히 저물어 와 옷을 갈아입는 낮달도 만난 적 없다.

T. S. 엘리엇을 읽었으나 T. S. 엘리엇이 바라본 하늘을 본 적이 없다. T. S. 엘리엇을 날린 부메랑이 무엇이었는지 어떤 체위의 사랑을 했는지 본 적 없다. T. S. 엘리엇이 자주 찾아가던 카페와 그 나른한 오후의 하늘을 수놓던 구름의 형상이 개였는지 고양이였는지 라마였는지 본 적 없다. T. S. 엘리엇의 발끝에 떨어져 쌓이던 나뭇잎이 사이프러스 나뭇잎인지 호랑가시 나뭇잎인지 그의 잔을 채우던 것은 흑주였는지 울음이었는지 붉은 피였는지 모른다. 하나 T. S. 엘리엇 T. S. 엘리엇

T. S. 엘리엇 비평가에 대한 비평은 읽지 못했다. 그러
므로 그의 혀가 메스인지 정인지 살점인지 모른다. 설암이
있었는지 모른다. 하나 T. S. 엘리엇은 지금 내 혀끝에 있
다. 황무지 같은 내 혀끝에 숲처럼 있다. 샘처럼 있다. 벌
써 찬물 소리 들려오는데 동면의 동굴같이 T. S. 엘리엇의
이름이 내 앞에 열려 있다. T. S. 엘리엇 너도 가을일 때 가
식을 나목처럼 벗고 울어 본 적 있는가. 마음의 황폐가 황
무지보다 더 참혹하다고 느낀 적이 있는가. 가을 별자리 어
디에 줄을 매고 스스로 이승을 떠나는 몸짓을 익힌 적 있는
가. T. S. 엘리엇 T. S. 엘리엇

 먼 이별과 타전하려 주파수를 맞춘다고 가을 숲에서 지지
직거려 본 적은 있는가.
 버나드 쇼의 묘비명 우물쭈물하다가 내 이럴 줄 알았다
를 읽은 적은 있는가.

마량도 그 여자

제 가슴 깊은 곳에
섬 꽃이 핀다 했다.
조금만 제 안으로
고개를 들이밀면
꽃그늘에 자리 잡은
섬 제비 둥지도 보인다 했다.
제 가슴을 다 보여 줄 수 없지만
조금만 제 안으로
고개를 들이밀면
섬에만 뜨는 섬 달이며
섬으로만 떠도는 섬 바람이며
섬으로만 전전긍긍하는
섬 그리움을 만날 수 있다 했다.

마량도 그 여자 알고는 있을까?
나도 그 여자 깊이 드나들고 싶은
밀물을 꿈꾸는 섬사람임을
그 여자 깊은 곳에
조용히 쓰고 싶은 내 영혼의 초분도

영아를 위한 노래

영아, 한때 우리 뒷산에 여우 울고
애장 터에 한없이 비 내려도 좋았다.
그때도 견우와 직녀는 여전히
우리의 신화 속에서 해마다 만났고
영아, 그때 네 가슴은 달빛처럼 출렁였고
난 네 무릎을 베고 누운 어린 소 한 마리
네 깊은 눈동자를 끝없이 되새김질하며
너를 향한 그리움이 뿔로 자라지 않았나.
영아, 그때 우리의 노래란 개울물 소리
뻐꾸기 울음소리, 산까치 울음에 묻혀
노래도 뭐도 아니었는데 별 볼일 없었는데
영아, 지금은 내가 노래를 하는구나.
사랑의 뜨거운 맹세마저 다 잊어버린 채
뿔뿔이 흩어지는 게 우리 삶이라지만
들릴까 말까 내가 부르는 영아를 위한 노래

사상의 거처

누이야, 자꾸 물결치면서 내게 흘러와 철썩이며
내 사상의 거처를 묻지 마라. 때로는 산산이 부서지면
서 묻지 마라.
내 사상의 거처는 김남주 시인의 나의 칼 나의 피에 있다.
나약하게도 행동하지 못하나 그래도 뻔질나게 내 사상
의 거처
나의 칼 나의 피로 드나든다.
때로는 피골이 상접한 채 한 잔의 술을 마시고
김지하 시인의 타는 목마름으로 타는 목마름으로 80년
대를 이야기하며
돌부리처럼 발끝에 차이는 이 시대의 돌출부에 난감해
하면서
나의 칼 나의 피로 간다.
누이야, 자꾸만 부끄럽게 그 사상의 거처에서 봉창만 열고
우주로 뻗어 가는 별빛만 바라보면 뭐 하나 하지 마라
사상의 거처란 곳은
총칼을 준비 못하더라도 죽창이라도 깎아야 되지 않나
하여
내 사상의 거처로 드나드는 것이 부끄럽기도 하지만
누이야, 때 되면 나도 서울 서울로 압송되는 전봉준의 부

릅뜬 눈으로

이 시대를 바라보며 질타의 목소리 우레같이 내지 않겠나.

내 사상의 거처에도 앵두꽃 노랗게 뚝뚝 지고 굴뚝새 드나들면

나의 칼 나의 피로 담금질하고 무두질해 낸 장검 하나 움켜쥐고서

앞으로 앞으로만 치닫는 행동하는 양심이 되지 않겠느냐.

때로는 신동엽의 껍데기는 가라, 동학년 곰나루의, 그 아우성만 남고

껍데기는 가라고 외치면서 이중섭의 소처럼 저돌적이지 않으랴.

누이야, 내 사상의 거처에 밤이 오면 벌레 소리 물레 소리만 자욱해

외로움이 뼛골을 쑤시지만 한 시대가 자꾸 외면하려던

사상의 거처를 지어 준 나의 칼 나의 피라 외치는 남주 시인보다 외롭겠느냐.

누이야, 누이야, 철없는 누이야, 하나 나를 일깨우는 누이야

우황

밤새 뼛골로 그대를 앓았다.

그대를 앓고 난 아침, 밤새 몇 그램의 우황이
내 몸에 생겼는지
왜 쓴 쓸개즙보다 더한 우황으로 오는 것이
사랑이라 믿어야 하는지

닫아건 창문을 열어젖힌다.
그리운 것들은 약속이나 한 듯
더 먼 곳으로 물러서 있는 아침

난 우황 든 소 한 마리로 운다.
언덕에 누운 우황 든 소 한 마리로도
종일 되새김질해야 할 그대라는 사랑

아침 기운을 타고
이슬 반짝이는 풀밭까지 번져 가는
내 울음이 안쓰럽다.

하나 이 서러운 울음을 앞세워

풀밭까지 가야 한다.

풀잎을 뜯어야 그대를 더 앓는 푸른 힘이 생긴다.

제3부

꽃팬티 전설

꽃팬티 안에는 꽃이 숨어 있다. 그 꽃을 꼭꼭 숨기고 싶거나 그 꽃을 위로하여 꽃팬티를 이 땅의 여자들은 즐겨 입는다. 나도 한때 꽃팬티 안에 숨겨진 꽃의 씨방 안에 살던 꽃씨였다. 그래서 꽃씨를 심던 그날 밤이라는 노래도 있다. 시골 난전이나 도시 화려한 가판대에는 꽃팬티가 있다. 어머니 꽃팬티 몇 장을 사와 장롱 깊이 꼭꼭 숨겨 두시던 것도 꽃팬티 안의 꽃을 꼭꼭 숨기고 싶은 마음이었을 것이다. 어머니 꽃팬티 즐겨 입으시는 것도 때로는 꽃팬티의 그 뭇 꽃을 벗겨 내면서 당신에게 숨겨 둔 꽃, 아버지가 가만히 읽어 주기를 기다리기도 했을 것이다. 남자가 쌍방울 표 팬티를 즐겨 입고 쌍방울 달랑거리면서 젊은 수말처럼 뜨거운 입김 내뿜을 때 여자는 꽃팬티를 소리 없이 벗고 자신의 꽃을 부끄럽게 내미는 것이다. 꽃 앞에서 수말처럼 히힝거리던 남자는 울음으로 일 획을 그으면서 그믐의 밤을 가로지르는 것이다. 지금도 은근히 인기 좋은 꽃팬티, 봄 오면 불티나게 팔리기도 하는 꽃팬티, 꽃팬티의 전설은 다래로 머루로 주렁주렁 열리는 것이다.

만물의 밥상

텃밭 하나에 벌레가 매달려 있지, 내가 매달려 있지, 하루 햇살이 와서 놀다 가는 놀이터지, 더벅머리 총각 같은 바람이 아침부터 와 푸성귀 이파리서 미끄럼을 타고 가지, 그곳에서 자라는 푸성귀를 나도 먹지, 벌레도 먹지, 새도 날아와 이리저리 쪼아 먹지, 뜯고 챙겨 가서 이웃과도 나눠 먹지

하여튼 나는 텃밭이란 만물의 밥상 하나 가지고 있다. 봄에는 상추니 쑥갓 오이니 풋고추니 저마다 이름을 가슴에 새기고 푸르러져서 입맛 잃은 세상에 그 푸른 먹거리가 차리는 만물의 밥상, 욕망이 휩쓸고 간 거리에서 죽은 채 남겨진 슬픔이니 낡은 구두짝처럼 버려진 한 시대의 아스라한 이름이니 그들을 상추니 쑥갓 그 위에 넣고 된장을 척 발라 쌈 싸 먹는, 볼이 미어지게 먹는 나는 그런 만물의 밥상을 가지고 있다.

만물의 밥상에서 벌레는 이파리를 갉아먹고 하늘로 날아오르며 난 그 싱싱한 푸성귀로 차려진 밥을 먹고 잃어버린 미래를 찾기 위해 고개를 든다. 때로는 절망이란 경계를 훌쩍 뛰어넘는 밥 힘을 얻는 것이다. 굶어서 죽어 가던 꿈을

다시 회망의 형식으로 비꾸는 만물의 밥상, 때로는 세기말의 허기를 풍성한 수확으로 가득 채워 주는 밥상

시대를 뛰어넘어서 늘 고만고만한 넓이에다 우리가 차리는 만물의 밥상은 그러나 언제나 진수성찬인 것이다. 이 땅의 햇살이니 비니 거름을 모아 차리는 진수성찬인 것이다. 누구나 가지고 싶어 하는 세상 모든 사람이 부러워하는 밥상 중 최고의 밥상인 만물의 밥상, 그 푸른 밥상을 나는 가지고 있는 것이다.

옥수수의 이념을 가진 적 있다

1

그 사막에서 옥수수 싹이 돋아났다고 했다. 옥수수 뿌리
는 죽은 자의 몸을 텃밭으로 자랐다고 했다. 슬픈 죽음을
세상에 알리려고 옥수수는 죽은 자의 주머니에서 죽음의 즙
으로 자라났던 것이다. 죽은 자의 넋을 옥수수 줄기로 잎으
로 밀어 올렸던 것이다.

2

꽃 시절은 출가 중이니 옥수수나 키우자니까. 옥수수 꽃
도 가만히 쳐다보면 볼 만한 것 옥수수수염은 옹고집의 세
월을, 꺾이지 않는 지조를 가르쳐 주는 것, 올곧게만 자라
는 옥수수의 이념을 가지자니까. 척박한 땅에 뿌리박고 고
구려의 무사처럼 잎을 휘두르는 옥수수의 검법을, 그 나란
한 잎맥의 정신을 본받자니까. 굶주린 세월을 거뜬히 먹여
살리는 그 번식력을 그 생명력을 닮아서 우리도 척박한 세
월 위에 척척 서 보자니까.

3

너무 가지런하게 빛나는 노란 사랑을 읽은 적 있다. 너
무 가지런해 먹지 못하고 숙희가 내게 가져와 내밀던 옥수
수, 그 노란 사랑, 그 노란 식욕, 알알이 까서 서로의 손에
놓아주던 그 노란 알의 사랑, 노란 사랑의 노란 이념, 그 가
지런한 정갈한 사랑, 어디서 이제는 홀로 익어 갈 노란 사
랑, 서걱거리는 바람 속에서 홀로 노랗게 익어 가다가 퇴
색할 사랑

　4

　옥수수를 딸 때 옥수숫대에서 옥수수가 분리되며 내던 딱
소리가 우주를 울린다는 것을 알았다. 우주의 목탁 소리라
는 걸 알았다. 빈 식용유 통 하나 들고 몰래 숨어들었던 전
방의 옥수수밭, 들키면 말뚝 박고 영창 간다지만 졸병에게
삶아 주려 숨어들었던 옥수수밭, 별 초롱초롱해 더 무서웠
던 밤, 오지리 고운 분이가 잠든 밤, 조심스레 옥수수를 돌
리자 나던 딱 소리, 옥수수가 옥수숫대를 떠나며 내던 작별
의 소리, 우주 끝까지 번져 가 여운마저 다 사라질 때까지
나는 숨죽였다. 지금도 내 가슴의 가장자리를 물들이고 있

는 그 푸른 소리

5

딱 옥수수 한 그루만 이 지구 위에 자라나게 해 다오. 딱 한 사람만 지구에 있고 딱 한 송이 꽃만 피고, 딱 한 마리 새만 저녁을 지키고 그러면 어느 별에서 딱 한 사람이 찾아들고 서로의 짝을 먼 별로부터 불러들여 주면 옥수수는 비로소 푸르고 푸르러져 옥수수만으로 연명하고 옥수수로만 노래하는 세월이 오게 해 다오. 옥수수의 정부 옥수수의 당국만 있게 해 다오. 옥수수의 달콤한 그늘만 세상에 가득 차게 해 다오.

비둘기와 살았던 날의 기억

다행히 비둘기와 살았던 기억이 내게는 있어. 보는 천한 것의 발밑까지 내려앉아 평화의 상징이니 온순함이란 대명사를 버리고 누구는 우주의 장례를 외치고 종말의 날을 말하지만 낱알 하나에도 고개를 공순히 내리고 쪼아 대던 비둘기와 비둘기 마음으로

비가 오면 젖은 날개로 처마 밑에 앉아 구구대던 비둘기와 함께 산 날이 있어. 비둘기의 종종걸음으로 구절양장 같은 세월을 걸어간 적 있어. 키 낮은 팬지며 봄나물이며 관목 숲이며 별을 더 아득히 바라보는 것이 정이 많다는 것을, 더 아득한 곳으로 향하던 것도 결국은 날개 접고 돌아오는 곳이 비둘기 꿈 아름다운 지상 어디 거처라는 것

나 비둘기와 함께 운 날도 있어. 날 저물고 모든 게 저물어 비둘기마저 부리 묻고 잠들 때까지 울음마저 잠들 때까지 짓무른 눈으로 운 적이 있어. 유통기한이 지난 것 같은 모습으로 비둘기가 선회하던 날 난 비둘기와 산 적이 있어. 그때 슬픔에 세 들어 살았던가. 웃음보다 한숨이 많아도 청춘의 비문 새기며 비둘기 깃털 후후 불며 산 적이 있어

누구나 다 비둘기가 되어 구구구 대자고 다시 평화의 상징이나 되자고 그러자고 비둘기 앙가슴으로 비둘기와 살았던 날의 기억이 있어

리아스식 사랑

내 말이란 저 바다 위에 점점이 떠 있는 섬입니다. 그대
에게 다가가지 못하는 섬입니다.

당신은 섬의 어법도 모르고 내 어법도 모르고 나도 당신
의 어법을 모릅니다.

당신의 주소도 모릅니다. 내 마음도 저 바다 위에 뚝뚝 지
는 동백 꽃잎 같은 것입니다.

당신은 동백의 어법도 모르고 동백 꽃잎을 싣고 먼 당신
을 찾아갈 물결의 어법도 모릅니다.

동백 꽃잎을 대하고 속삭일 당신의 어법을 나도 모릅니다.

하나 당신의 어법에 익숙해질 때까지 나는 저 바다 위에
떠 있는 섬입니다.

수없이 몰아쳐 오는 태풍에 동백 꽃잎 같은 그리움만 뚝
뚝 떨어뜨리며 내 어법에 당신이

익숙해질 때까지 저물지 않는 섬입니다. 비록 내가 당신
을 향해 가진 사랑이란 들쑥날쑥한

리아스식 사랑이지만

우리의 모국어, 사랑의 어법에 우리의 입술이 물들 때까
지 난 점점이 떠 있는 섬입니다.

지나가 버리는 것은 정말 지나가 버린다

　　·

　그것이 당신의 말이었을까. 유난히 많이 피던 청매화가
　청매화 뚝뚝 질 때 청매화 그림자로 지던 광음의 그 그
늘이
　차마 당신이 다 읽어 주지 못하고 간 공산당 선언문이
거나
　내 불온을 살찌우려는 몇 줄의 비문

　해독하지 못한 문장이 청매화로 뚝뚝 지고 그 꽃잎마저
삭아지고
　당신이 가 버리자 그제야 청매화 휘날리는 꽃잎 꽃잎이
당신의
　푸른 別辭였음을
　인연이 아니든 맞든 지나가 버리는 것은 정말 지나가 버
린다는
　생에서 우러난 당신의 말씀이라는 것을

　청매화는 가지에서 피어나 가지에서 지지만 아득한 지
층에서
　청매화 꽃 잎잎을 길어 올린 것은
　돌 틈도 비집고 드는 긴 뿌리와 긴 뿌리 끝에서 분열하는

여린 생장점이었음을
청매화 꽃 시드는 이유도 지층을 향한 회귀임을

하므로 지나가 버리는 것은 정말 지나가 버린다. 수면을
스친 제비가
　몇 방울 물의 힘으로 창공으로 솟구쳐 올라 멀어지듯이
　끝내 연줄을 끊고 멀리로 멀어지는 연처럼
　청매화 잎잎이 당신의 別辭로 지금은 나를 가르치는 일
획의 글
　아직도 비린내 풍기는 지나가 버리는 것은 정말 지나가
버린다, 는
　당신의 눈물 하르르 하르르 번진 말씀

지나가는 것은 정말 지나가므로 난 영원히 당신의 고삐를
녹음방초 내 마음의 언덕에 매지 못한다.
비바람 몰아쳐 가는 당신의 길이 험해도 구절양장 같아도
말구유 같은 내 곁으로 당신을 몰아세우지도 못한다.

지금도 당신의 別辭로 휘날리는 몇 잎 남았던 청매화 꽃잎
지나가 버리는 것은 정말 지나가 버린다 저 휘날리는 別

辭，別辭

벌레들의 나라

내가 살고 있는 곳은 일찍이 내 나라가 아니었다.
풀이 원주민인 풀의 나라였다. 벌레의 제국이었다.
나무의 정부가 우뚝 선 곳이었다.
나란 엄연히 따지면 무자비한 침략자다.
노략질에 능숙한 오랑캐이다. 이방인이다.
칡넝쿨에서 벌레들의 똥이 똑똑똑 떨어지면서
그들의 거처 아래 있는 또 다른 칡 이파리를
조용히 두드려서 푸른 소리 여기저기 넘쳐난다.
똥으로도 음악을 만드는 이곳은 벌레들의 나라가 맞다.
벌레들의 세상에 떡 하니 텃밭을 이루었으므로
벌레들이 고추니 오이니 토마토니 가지를
이리저리 갉아먹어 벌레들의 배가 불러도 된다.
여기는 벌레들의 음악회가 열리고
벌레들의 무덤이 푸르른 곳, 벌레들의 상전이 사는 곳
내가 살고 있는 이곳은 일찍이 벌레들의 나라였다.

폐닭

저기 밑이 빠진 어머니 홀로 살고 있다. 케이지 식 닭장
에서 다산성을 강요받아 밤낮 알을 낳다 밑이 빠진 어머니,
자식 줄줄이 낳다가 삭아진 어머니, 꼬끼오 울 힘도 없는 어
머니, 이제 저기 눈곱 낀 채 해바라기하고 있다. 오가는 사
람에게 초점을 맞춰 바라보려 안간힘을 쓰지만 자꾸 초점이
흐려지는 어머니, 이제 어떤 요리법으로 요리를 해도 맛이
없는 폐닭 기름기가 다 빠진 어머니, 자식도 그 무엇도 찾
지 않는 어머니, 버려진 어머니, 여린 햇살의 온기만으로도
졸리는 어머니, 세상의 모든 어머니, 지팡이 하나 의지하여
밤을 만나고 저녁을 맞이하고 꼬부랑 허리로 꿈속을 가는
폐닭 어머니, 그 좋던 청춘 자식으로 쑥쑥 낳고 골병든 어
머니, 버려진 듯 세상 구석에 웅크려 부들부들 떠는 어머니

사랑이란 짐승

  사랑은 짐승입니다.

  사랑이 사랑을 잃어버렸을 때는 어둠이고 빛이고 물어뜯으면서 미쳐 날뛰는 짐승입니다.
  사랑 앞에서는 사랑만 말해야 합니다. 사랑 외에 어떤 주제나 담론이 있을 수 없습니다.
  피골이 상접해도 사랑으로 연명하고 사랑으로 별을 끄고 사랑으로 환히 켭니다.
  사랑에 빠져 곧 익사해도 지푸라기를 잡으려고 허우적거리지도 않습니다.
  사랑은 사랑을 위하여 기꺼이 간까지 내주는 것이 사랑입니다.

  사랑은 위험한 짐승입니다.

  사랑이란 짐승이 되었을 때는 사랑을 찾기 위해 아무리 험준한 산맥이라도 넘습니다. 아무리 사나운 바다도 건넙니다. 사랑이 사랑에 빠졌을 때는 고양잇과 어느 짐승보다 더 사나운 짐승입니다. 사랑에 빠진 짐승을 본 적이 있습니까. 밤 이어 서기가 이는 그 눈, 바람보다 더 부드러운 털,

제 살을 파고들도록 감춘 발톱. 사랑을 위해 골똘히 모은 그 푸른 힘, 아무 방정식이나 계산이 없는 사랑은 영혼이 맑은 짐승입니다.

　그대는 지금 사랑을 잃은 사랑이란 짐승입니다.
　그대는 지금 눈물 속에 드러누운 눈물이란 짐승입니다.
　털이 눈물에 젖었고
　눈물의 가쁜 숨 몰아쉬면서 눈물의 호흡을 합니다.
　그대의 눈물로 안드로메다가 은하수가 우주가 흠뻑 젖는 것 같습니다.
　내 곁에 없는 내 사랑마저
　그대 눈물에 흠뻑 젖어서 끝없이 축축 처져 내리는 밤입니다.

영웅에게

한때 영웅전을 신나게 읽었다.
영웅에 심취해 테무친을 훔쳐다가 읽고
책 도둑은 도둑이 아니라는 말에 안심하였다.
맥아더니 나폴레옹 세종대왕 이순신이니 우리나라 영웅과
세계의 영웅을 읽으면서 공부를 뒷전에 두기도 했다.
영웅전을 읽으면서 큰 포부와 꿈을 다지기도 했다.
커서도 영웅이 된 CEO의 이야기도 읽었다.
천군만마 대군을 거느린 장군이니
재계니 정계니 어떤 분야에서 영웅이 된 이야기가
내 가슴을 오래 뛰게 했는데
오월 어느 날 대전 공중화장실에서 읽은 낙서
한 명을 죽이면 살인이요 천 명을 죽이면 영웅이다, 라
는 말
그 말에 화답하듯 저절로 튀어나오던 독백
내가 읽은 영웅이 천 명의 사람을 더 죽였을 수도 있다

만추

바람이 불어온다.

용서하라
아직도 가랑잎처럼 함께 모여
이렇게 짓고 있는 죄들을

당국

어머니는 월남치마를 입고
헛간에 숨어 술을 빚었다.
당국이 무서웠다.
아버지는 낡은 와이셔츠 소매로
양귀비 같은 꿈을 심었다.
당국이 무서웠다.
나는 담요로 문을 가리고
밤새 불온서적을 읽었다.
불온하지 않은 불온을
자꾸 불온하다고 나무라는
당국을 무서워하며 읽었다.
동네 누나들도 아파 아파하면서
솜털 뽀얀 아래를 내놓고
서둘러 몸을 팔기도 했다.
당국이 무서웠다.
지금도 있다는 당국
나는 아직도 당국이 무섭다.

악양에서

먹은 것이 아달이가 되어 울컥 토하듯이
저녁이 울컥 토해 낸 별이 산 위에 떴다.
별을 따라 밤하늘로 나선
별보다 더 많은 네 목소리를 음악처럼 듣는다.

백 년

너를 잠깐 스친 것 같은데 분명 백 년이 획 지나간 것 같다.
조랑말 아버지는
조랑말 어머니가 그리워 블랙홀 근처서
히힝거릴 텐데
개구리는 한꺼번에 울어서 백 년 울음의 강둑을 넘쳐 난다.

네가 뭐 대수냐며 너를 스쳤는데 분명 백 년의 약속이 지
난 것 같다.
　누가 호수 안에 바람의 막대기를 집어넣어
　백 년의 잔물결을 일으키는데
　다시 너를 스쳐 가기 위해 추스르는 발목이 배반처럼 시
큰거린다.

　너와 나 사이의 그 백 년, 너와 나 사이가 백 년의 거리
인가.
　백 년이란 말은 더 싱싱하고 백 년이란 말은 힘이 있어
야 한다.
　백 년이란 말이 너와 나의 종교
　백 년이란 말은 댓돌에 하얀 코고무신 벗어 놓은 오후
의 방

78

우린 그 안에 들어 누룩밥처럼 엉켜 백 년 사랑에 취해
야 한다.

잠깐 너를 스쳤는데 되돌릴 수 없는 백 년이 휙 지나간
것 같다.

남자의 잠

남자의 잠 속에 뭔가 있다. 실체가 밝혀지지 않았으나 뭔가 있다. 거대한 망고나무이거나 거대한 고릴라 아니면 고대 신화로부터 날아온 붕이거나 곤이 있다. 남자의 잠 속에 뭔가 있다. 건장한 어깨의 풀이거나 솥뚜껑만 한 자라거나 아직 물 위로 떠오르지 않는 익사한 봄날, 아니면 부론에서 만난 노란 가을이 있다. 남자의 잠 속에는 백만 송이 장미, 총총총 핀 마가렛 꽃, 아니면 푸른 맥문동의 무리, 밤으로부터 탯줄같이 무수한 코드가 연결된 남자의 잠 속에 뭔가 있다. 보호색을 띤 그 무엇인가. 위장의 명수인 그 무엇인가. 꿈의 바이러스가 끝없이 번지는 남자의 잠 속에 뭔가 있다. 숨겨 둔 여자인지 숨겨 둔 세컨드인지 때로는 숨소리마저 죽인 그 뭔가 있다. 어떤 열쇠 수리공도 열지 못하는 남자의 잠 속에는 뭔가 있다. 어떤 재치의 퀴즈 풀기로도 맞추지 못하는 그 뭔가 있다. 핵폭탄인지 강력한 무기인지 그 무엇인가 분명 숨겨져 있다.

제4부

갈대본색

2014년 2월 초입 살얼음 낀 임진강변에
아직도 바람을 업고서 강 건너편을 향해
허리를 반쯤 찬물에 담그고 선 갈대는
우리가 달래서 집으로 데려오지 못한 실향민

그 강물 얼마나 깊고 세찬지
아직도 배 띄워 그가 건넌 적 없다.

섬진강 산수유 꽃

오라 할 때 오지 않고
가라 할 때 온다.
산수유 꽃 노랗게 피우며
봄은

사랑도 그랬으면 좋겠다.
오지 않는 사랑이지만
가라 가라 하면 마당으로
주춤주춤 들어섰으면

강 건너 오는 봄처럼
그대도 오지 않아 그러면
가라 가 버려라 할 때 오면
이 땅에 개벽이 온 듯
난 기뻐 춤추겠다.

오라 오라고 하면 오지 않다가
오지 않으면 차라리 가라 가 버려라 하면
주춤주춤 오는 그대라면

맛조개

저 노숙인 한 마리 맛조개로 빈 박스 몇 개 붙여 만든

맛조개 껍질 안으로 쑥 들어간다.

아직은 맛조개의 통통한 희망으로 갯벌 같은 이 도시 속

으로

쑥쑥 기어들어 가 꿈의 호흡을 한다고 밤새 숨찰 것이다.

구멍으로 소금을 뿌려 맛조개를 잡는 것처럼

이 밤에 뭐 하느냐고 차라리 소주 한잔하자는 유혹이 있

으면

조갯살인 듯 천천히 고개를 내밀었다가 이러면 안 되지

안 되지 하면서

다시 조개껍질 안으로 재빨리 고개를 감출 것이다.

아직은 이 도시 어둠이 갯벌같이 미세한 진흙이어서

쑥쑥 파고들기 좋은 곳이라

저렇게 노숙하는 맛조개 수두룩하다.

겹겹이 온몸을 감싼 누추한 절망을 몽땅 벗어 버리고

저 어둠을 머드팩으로 하여 아침이면 말간 얼굴로 일어나

점찍어 둔 공사판의 반장이나 찾아가려 서두를 것이다.

리어카 한 대 구입해 그간 흩어져 버린 폐휴지 같은 꿈을

한 장 두 장 모아 희망고물상을 향해 천천히 걸어갈 것

이다.

빚

아침에 어머니가 쌀을 씻으며 말하신다.
사람은 빚 없이 산다지만 다 빚으로 산단다.
저 꽃나무도 뿌리를 적신 이슬에게 빚졌지
구름도 하늘이 길 하나 빌려 주지 않으면
어떻게 구름이 구름으로 흘러갈 수가 있나.
내 아버지도 평생 네게 빚지고 저승 갔지
그 빚 다 갚으려고 아버지 참새 한 마리로
아침부터 마당 대추나무에 날아와
저렇게 미주알고주알 끝없이 노래해 대지
나도 아버지에게 평생에 진 빚 갚으려
흥얼흥얼 아침부터 맞장구친다고 바쁘지
아버지 먹고 가라고 쌀 한 줌 진작 뿌려 줬지

나의 국적

누구에게나 국적이 있지만 나의 국적은 너다.
한때 나의 국적은 풀꽃이었고
한때 나의 국적은 내리는 봄비였지만
지금 나의 국적은 너로 바뀌었다.
지금껏 내가 걸은 길은 네게로 가는 망명의 길
푸른 봉분을 가진 내 무덤을 쓸 곳은 바로 너다.
이중 국적이니 국적 불명도 아닌 나의 국적은 너다.

그리운 파란만장

고맙다 파란만장아
네가 아니면 어떻게 그렇게 출렁였고
네가 아니면 어떻게 그렇게 슬퍼했겠고
네가 아니면 어떻게 그렇게 아파했겠고
네가 아니면 어떻게 그렇게 헤매다가
꽃을 보고 새를 만나고
그 먼 강둑에 앉아 흐르는 강물을 보았을까.

파란만장하니 인생이다.
파란만장하니 노래한다.
파란만장하니 사랑한다.
파란만장하니 그립다.
파란만장아 고맙다, 파란만장하니 고맙다.

너를 위한 에스키스

난 오로지 달팽이 한 마리이다.
넌 내가 타고 오르는 긴 풀잎이다.
전생으로 오래 음미하는 풀잎이다.

너는 풀잎 하나로 바람에 나부끼기만 했다.
어둠에 짓밟혀 끝없이 휘기도 했다.
나란히 잎맥으로 뻗은 네 비애를 맛보려고
뜨거운 태양을 지나 너에게 이르렀다.

나는 너를 타고 오르다가 껍질만 남기고
연체의 내 사랑 네 뿌리로 녹아들 것이다.
내 영혼의 거처를 네게로 옮길 것이다.

지금 나는
네게 이른 느린 달팽이 한 마리

아버지, 그 노래를 듣는다

봄기운을 타고 하늘로 날리는 꽃잎 사이로 아버지 노래가 흐른다.

아버지가 불러 준 그 노래에 가슴이 축축이 젖는다.

어느 해 아리랑 고개를 나를 엎고 넘으며 들려준 그 노래, 달빛이 창호지에 그림자로 죽을 치던 밤에 들려주던 노래, 꽃잎이 바람에 사정없이 지던 오월에 불러 주던 노래, 핏줄 속에 눈처럼 녹아들어 흐른다. 흐르다가 출렁이면서 나의 내력이 되고 엄동의 날에 따뜻한 호흡이 된다. 그 노래 듣는다. 아버지가 불러 주던 노래, 가끔은 아버지가 그리울 때 어머니가 대신 불러 주던 노래, 삐져나온 못 같은 마음을 다시 탕탕탕 박아 주던 노래

봄 하늘을 넓게 펼쳐 놓으면 그 노래 흐른다.
나는 그 노래에 젖어 보리처럼 밀처럼 시퍼렇게 자라오른다.
삼례나 고부의 들판을 가득 채웠던 동학의 정신처럼 자라오른다.

나는 듣는다. 아버지의 노래를

아버지의 노래에 젖는 만큼 내 청춘은 한때 겁 없이 푸
르렀다.

그대와 사는 법 1

하루는 술 취해 불귀 불귀하면서 돌아갈 수 없는 곳을
함께 노래해도 좋으리. 긴 이랑을 따라 삼꽃이 피어나
는데
밭가에 퍼질러 앉아 불귀 불귀하면서 돌아갈 수 없는 날에
눈웃음쳐도 좋으리라. 함께라면 돌아갈 곳도 돌아가지
못할 곳도 뭐 대수이냐 하지만 돌아가야 할 곳으로도
돌아가지 못하는 것은 지우지 못하는 멍 같아서 둘이 취해
불귀 불귀 노래하면 불귀의 세월도 몇 마장이나 흘러가리.

그대와 사는 법 2

우리는 원수처럼 만나
전쟁처럼 살았다.

그대와 사는 법 3

너는 너의 뼈를 다 비워 가는 골다공증으로
나를 사랑하는 줄 안다.
그날이란 생리의 아름다운 날마저 다 버리고서
내 하나만을 챙기려는 줄 안다.

그대와 사는 법 4

문틈으로 명자꽃 환하게 핀 여름이 보이는 집이 있다.

그 집 오래된 우물가에 늙은 앵두나무 한 그루도 있다.

앵두나무의 오랜 친구가 된 늙은 별 하나도 있다.

뒤란에 어슬렁거리는 두꺼비와 창호지에 죽을 치는 대 그림자

어느 날 그 집의 대청마루에 앉아 다듬질할 너를 꿈꾼다.

정갈하게 쪽진 머리 네가 댓돌에 벗어 놓을 하얀 코고무신

네 생각 몇 량을 길게 매단 내가

그 집 앞을 철거덕거리면서 장대 열차처럼 지나갈 것이다.

그대와 사는 법 5

그대가 피치 못할 사정으로
나를 세 번 부정하는 날
난 너의 친척 오빠였다가
지나가는 낯선 사람이었다가
일면식도 없는 사람이었다가
네가 나를 부정에 부정
또 부정하여도
난 아무렇지도 않은 듯
너를 전혀 모르는 타인이었다가
너를 잘못 본 사람이었다가
바쁜 일로 지나쳐 가는 사람이었다가
그러나 네가 그렇게 하는 동안
너를 향한 내 사랑이 깊어 갔음을
너를 향한 내 추억이 고개 주억거렸음을

네가 나를 세 번 부정하는 동안
나는 너를 세 번이나 더 사랑한다는 말
숫돌 같은 세월에 갈아 새파랗게 날 세웠다.
내가 네게 사랑도 그리움도 인연도
그 무엇도 아니라 부정하는 동안

나는 네 사람일 수밖에 없다는 말
뼛골에 새기고 또 새기고 있었다.

그대와 사는 법 6

물푸레나무같이 너를 심었다.
머루 다래같이 너를 심었다.
너를 심는다는 것은
내가 네게 몇 평 사랑이 된다는 것

빈터마다 빈 가슴에 너를 심었다.
비 온 후나 볕 좋은 날에
너를 심는다는 것은
네가 지은 그늘이란 초록 슬하에
내 지친 영혼을 가만히 누이려는 것

뻣뻣했던 허리를 굽히고서
자갈을 골라내고 흙을 고르고서
편서풍이나 태풍을 가늠하면서
너를 심고 뿌리를 오래 다진다.
다진다는 것은 꿋꿋이 일어난
우리 사랑이 쓰러지지 말라는 뜻

수천수만 그루 너를 심는다.

그대와 사는 법 7

그때 네가 내게 준 말

한 줌 집어 뿌려 놓은 뒤

네가 곁에 있든 말든

저 수국으로 피어나 환하다.

촉 나가지 않고 밤새 환하다.

몇 주가 지났는데도 환하다.

전향을 모르는 사랑

우대식(시인)

> 그 지고지순했던 사랑의 자초지종을 아느냐
> ─「마지막 여자 빨치산」

1

 난감한 마음으로 시집 초고를 받아 들었다. 김왕노 시인과는 워낙 가까운 사이라 시집 해설을 쓰게 되리라고는 생각해 본 일이 없었다. 웬만한 생활사를 다 아는 처지이고 보면 그의 속내도 대략 짐작하고 있다고 생각하며 살아온 터였다. 중견 시인으로 한창 시업(詩業)에 불을 달구고 있는 그이기에 번듯한 평론가에게 해설을 받으라고 몇 번을 거절했지만 초고를 보내왔다. 초고를 받아 드니 많은 생각이 키워졌다. 그와 만나 한 시절 술집을 드나들었으며 함께 공을 찼다. 지방을 갈 일이 있으면 대개 동행했으며 그때마다 번번이 이른 새벽에 길을 되짚어 오곤 하였다. 그에게는 명확히 두 개의 얼굴이 있다. 대범하고도 카리스마 넘치는 면모와 섬세하게 타인을 배려하는 두 얼굴. 그와 타인의 불화는 대개 이 두 얼굴에 대한 오해에서 비롯된다는 것이 내 생각이다. 그의 시에 곧잘 나오는 폭풍과 같은 요설과 그 반대편의 허공 같은 묘사도 그의 상반되는 듯 보이는 두 얼굴과 깊은 상관이 있을 것이다. 사람과 인심은 변하는 법이어서 어제와 오늘의 인간관계가 변하는 것도 무릇 당연한 일일 터이다. 허나 처음 만났을 때 그대로 그와 나의 관계가 유지되고 있다는 사실을 이 마당에 와 생각해 보니 경이로운 일이기도 하다. 이 해설이 바로 이 지점에 위치하고 있다는 사실이 나를 괴롭힌다는 것을 그도 잘 알고 있을 것이다.

그의 시를 읽는 일은 물이 흘러가듯 자연스러운 호흡을 동반하는 경우가 많았다. 내용의 측면에서 살펴보면 만만치 않은 사유의 깊이와 심오한 발언들이 곳곳에 장치되어 있음에도 불구하고 술술 읽힌다는 형식적 특성을 그의 시에서 번번이 느낄 수 있었다. 긴 호흡의 시를 유려하게 풀어내는 이면에 가로놓인 그의 탄력적 사고와 시어의 독특한 운용을 만날 때 고개를 여러 번 끄덕이게 되었다. 이번 시집에서도 여전히 확인할 수 있었던 것은 사랑의 기원과 소멸에 대한 열렬한 추적이었다. 성적인 알레고리를 전면에 배치하고 이토록 지속적이고 열렬하게 부른 사랑의 노래는 전례를 찾아보기 힘들 것이라 데 생각이 미치기도 하였다. 이 해설은 사랑의 기원과 소멸에 대한 그의 열렬한 추적에 동참하는 데 불과하다는 것을 미리 밝혀 놓는다.

101

2

이 시집에서 도드라지게 드러나는 부분은 아버지와 어머니에 대한 고백과 그 고백의 상황에 대해 뿔을 들이대는 성난 소의 형상이었다. 그것은 아름다운 소멸을 지켜보아야 하는 안타까운 자기 고백인 동시에 그 안타까움을 동적인 생명력으로 환치시키고 싶은 육친에 대한 욕망이 뒤엉켜 있다는 것을 뜻하는 것이기도 하다. 그의 두 번째 시집 『말달리자 아버지』에서 보이는 아버지에 대한 추억과는 또 다른 층위의 아버지를 이번 시집에서 만날 수 있었다. "아직은 내 굽은 청춘의 등에다/ 채찍을 휘둘러 주실 아버지/ 내 굽을 말없이 갈아 주시고/ 소나무 껍질 같은 손으로/ 내 눈물을 닦아 주시고"(「말달리자 아버지」)와 같이 이전의 아버지는 거대한 산처럼 늘 그를 지켜 주는 존재였던 반면 이 시집에서 보이는 아버지는 명백히 저승에 존재하는 추억의 존재이다.

아버지 저승에서 이제 잘 있는지 몰라
아버지 좋아하시는 막걸리 앞에 두고
멸치 안주를 찾을 때 수국 꽃이 저승 마당에
아버지 측근으로 다소곳이 수발드는지
아버지가 저승 푸른 초원에 방목한 말이
지금은 몇 마리 새끼를 쳐서 돌아오는지
집 문밖으로 귀를 기울이시는지도 몰라
아버지 술기운 아니어도 역발산 같으셔서

못 치우거나 못 갈아엎으시는 것이 없으셔

아버지 만물박사라 못 고치시는 것 없었는데

아버지, 아버지 이제 저승에서 난봉꾼으로

고무신 끝 살짝 들어 올리시는 춤사위로

청사포 끝자락 살짝 감아올리는 춤사위로

저승 한 시절 그렇게 보내셔도 좋은데

아버지 그래도 이승에 한번 와서 앞서거니

뒤서거니 하며 북벌의 말 한번 달리자니까.

가쁜 숨 몰아쉬며 부자지간 진한 혈육으로

장백산으로 발해로 말달리자니까? 아버지

내 숨통이 트여지는 그곳으로 아버지

아버지, 아버지 저승에서도 역발산인 아버지

　　　　　　—「말달리자 아버지, 역발산 아버지」 전문

　시적 화자에게 아버지와 함께 말을 타고 북방의 고원을
달리는 이미지는 영원한 향수나 동경과도 같은 것이다. 두
번째 시집에 실린 「말달리자 아버지」에 이어 이번 시집의 위
와 같은 속편에서도 아버지와 함께 거침없이 세계를 질주하
고 싶은 격렬한 욕망을 보여 준다. 그 욕망은 시원(始原) 혹
은 근원에 대한 탐구와 궤를 같이하지만 분명한 것은 「말달
리자 아버지」에서와는 달리 위의 시는 명백히 저승의 아버
지를 추억한다는 점이다. 산을 뽑아 올릴 기세를 지녔던 아
버지는 이제 자꾸 불러야만 확인이 가능한 존재로 형상화되
어 있다. "장백산으로 발해로 말달리자니까? 아버지/ 내 숨

통이 트여지는 그곳으로 아버지/ 아버지, 아버지 저승에서
도 역발산인 아버지"라고 하는 급한 호흡과 호명 속에서도
아버지는 대답 없는 존재로 남아 있다. 계속되는 아버지에
대한 호명은 바로 이러한 상황에 대한 심리적 반대급부에서
비롯된 것이다. 그것은 혈육에 대한 안타까운 연민이며 동
시에 시적 화자 자신도 이제 아버지의 길을 가야 한다는 저
변의 인식을 함께 보여 주는 것이다. "한번 버려져 분리수
거도 재활용도 없이 영원히 버려지는 아버지"가 나에게 "언
젠가 무릎 꿇어앉히고 나도 소파의 후계자라며 그 내력 오
래 설파하"는 장면은 인간의 숙명을 긍정하는 태도를 엿보
게 한다(「소파」). 버려진 소파와 같은 이미지를 그려 놓은 시
편이 「아버지」이다.

　　줄 것 다 주어 버리고도
　　발에 걷어차이는 게 개 밥그릇이다.
　　뺏길 것 다 뺏기고 노리개로
　　개가 잘근잘근 씹어 대는 것이
　　개 밥그릇이다.
　　밤이 늦어 귀가하다 보니
　　세월에 걷어차여 개 밥그릇으로
　　어둑한 구석에 나뒹구는 아버지
　　평생 허기진 개 밥그릇 아버지
　　세상의 모든 아버지

　　　　　　　　　　　　　　—「아버지」 전문

104

무용지물이 되어 버린 존재로서 아버지는 "재활용"도 안 되는 소파이며 "발에 걷어차이"고 "개가 잘근잘근 씹어 대는" "개 밥그릇"이다. 아버지에 대한 개별적인 인식은 이 시에 이르면 보편성을 획득하게 된다. "세상의 모든 아버지"라는 구절이 바로 그것이다. "세상의 모든 아버지"들이 결국은 "허기진 개 밥그릇"으로 나뒹굴 수밖에 없다는 저간의 인식은 아버지의 죽음을 노동에서 해방된 것(「노동 해방의 아버지」)으로 표현하기도 한다. 이 극단적 표현에서 열렬한 그리움을 읽는 것은 놀라운 일이 아니다.

어머니에 대한 시편들은 아버지에 대한 시편들과 동질의 의미를 띠는 측면도 있지만 훨씬 더 깊은 연민의 눈으로 바라보고 있다는 특징이 있다. 그것은 아버지와 달리 어머니는 지금 여기에 존재하고 있기 때문이라 보인다.

저기 밑이 빠진 어머니 홀로 살고 있다. 케이지 식 닭장에서 다산성을 강요받아 밤낮 알을 낳다 밑이 빠진 어머니, 자식 줄줄이 낳다가 삭아진 어머니, 꼬끼오 울 힘도 없는 어머니, 이제 저기 눈곱 낀 채 해바라기하고 있다. 오가는 사람에게 초점을 맞춰 바라보려 안간힘을 쓰지만 자꾸 초점이 흐려지는 어머니, 이제 어떤 요리법으로 요리를 해도 맛이 없는 폐닭 기름기가 다 빠진 어머니, 자식도 그 무엇도 찾지 않는 어머니, 버려진 어머니, 여린 햇살의 온기만으로도 졸리는 어머니, 세상의 모든 어머니, 지팡이 하나 의지하여 밤을 만나고 저녁을 맞이하고 꼬부랑 허리로 꿈속을 가는 폐닭 어

머니, 그 좋던 청춘 자식으로 쑥쑥 낳고 골병든 어머니, 버려
진 듯 세상 구석에 웅크려 부들부들 떠는 어머니

　　　　　　　　　　　　　　　　　　　　—「폐닭」 전문

　어머니가 폐닭으로 그려진 장면은 아버지가 개 밥그릇으
로 표현된 것과 유사한 인식을 보여 준다. 앞의 시에서 세
상의 모든 아버지가 그렇듯 세상의 모든 어머니도 버려진
어머니인 것이다. 이 극단의 인식은 시인이 가진 도덕적 결
단과 관련이 있을 터이다. 김왕노 시인의 시편에서 자신의
삶에 대한 반성이나 교훈을 내세우는 장면을 찾는 것은 거
의 불가능하다. 그러나 유독 어머니에 관한 시편에서는 표
면으로 드러나지는 않지만 자책의 기미를 여러 곳에서 느낄
수 있다. 그것은 모성으로서의 여성성의 상실과 깊은 관련
이 있다. 이제 더 이상 생산이 불가능한 어머니를 지켜보는
시적 화자의 시선은 비애의 물기를 머금고 있다. 아버지와
다른 것은 어머니는 여전히 이 지상에 존재하고 있으며 세
상의 한구석에서 부들부들 떨고 있다는 사실이다. "지팡이
하나 의지하여 밤을 만나고 저녁을 맞이하"는 어머니를 생
각하는 일은 그에게 지옥의 삶을 뜻하는 일이기도 하다. 하
여 그는 어머니의 생산성을 부활시킨다. 이 눈물겨운 고투
는 신성성을 내포하고 있다.

　어머니 주름진 얼굴로 삭아 내린 몸으로 다시 나를 낳으
신다. 제발 이렇게 살지 말라고 다시 새롭게 살라고 어머니

다시 나를 낳으신다. 밖에는 비가 오는데 세상은 질척거리
는데 미역국을 끓여 줄 그 누구도 없는데 어머니 혼자서 다
시 나를 낳으신다. 착하게 살라고 후회하지 않는 사람이 되
라고 어머니 내 탯줄을 끊어 주실 힘이 없는데도 어머니 촛
불 하나 켜 놓으시고 정화수 한 사발 떠 놓으시고 어머니 다
시 나를 낳으신다. 고령이어서 위험한데도 어머니 다시 나를
낳으신다. 뜨거운 눈물로 비린 눈물로 이놈아 제발 인간답
게 살라면서 이 신새벽 내가 훔쳐보는 것도 모른 채 다시 나
를 낳으신다. 두 손 삭삭 부비면서 미운 털 박힌 며느리처럼
어머니 차디찬 부엌에서 다시 나를 낳으신다.

　　　　　　　　　　　　　　　—「어머니 다시 나를 낳으신다」 전문

　어머니가 "다시 나를 낳"는다는 선언적 명제는 어머니의
생산성은 멈춤이 없다는 것을 의미한다. 그것은 침례이며
재생이다. 저 혼신의 힘으로 "다시 나를 낳"는 어머니의 바
람은 내가 새롭게 살라는 것이며 제발 인간답게 살라는 것
이다. 생명의 위험까지 감수하면서 나를 낳는 어머니의 지
극정성은 모성의 위대함을 의미하기에 충분하다. 이렇듯
김왕노에게 모성은 안타까움을 넘어 새로운 인간으로의 재
탄생을 의미하는 것이며 마지막까지 자신의 모든 것을 내어
놓고 자식의 삶을 지지하는 속성을 지닌다. 그런 의미에서
「수국 꽃 수의」는 어머니에게 바치는 헌사이다. 잠든 어머
니 머리맡에 놓인 "수국 꽃 환한 수의"는 어머니의 절대적
표상이라 할 만하다. 무엇과도 교환될 수 없는 가치가 어머

니와 아버지의 표상으로 융숭하게 그려지고 있는 것이다.

3

세 번째 시집 『사랑, 그 백 년에 대하여』의 시집 해설에서
평론가 김석준은 "시인 김왕노는 사랑의 사자다"라고 선언
한 바 있다. 지당하고 또 지당하다. 더군다나 그의 사랑은
보편적인 인류애와는 다른 에로스적 상상력을 동반하고 있
다. "사랑 속 백 년은 참 터무니없이 짧습니다. / 사랑 속 천
년도 하루 햇살 같은 것입니다"(「사랑, 그 백 년에 대하여」)라는
시구에서 보듯 그에게 사랑은 영원한 지향점이기도 하다.
이번 시집에 실린 「백 년」이라는 시에서도 "백 년이란 말은
댓돌에 하얀 코고무신 벗어 놓은 오후의 방/ 우린 그 안에
들어 누룩뱀처럼 엉켜 백 년 사랑에 취해야 한다"라고 에로
틱하게 표현하고 있다. 동양 시학에서 영원으로 표상되는
"백 년", "천 년"이 짧다는 표현은 그의 사랑이 영원 너머를
갈구하고 있다는 말이기도 하다. 이번 시집에도 「그대와 사
는 법」 연작을 포함하여 사랑에 대한 노래로 가득 차 있다.
"누가 또 이별의 흔적 위에서 소주잔을 하염없이 비우고 있
다./ 한 땀 한 땀 기웠던 사랑의 실밥이 터져 버려 괴로운
사람이/ 공복의 쓰라린 속에서 낙타로 터벅이고 있다"(「대
2시의 구름은」)는 시구는 그의 사랑의 행방을 여실히 보여 준
다. 어쩌면 그는 늘 사랑하고 있었지만 한 번도 사랑하지

않았는지도 모른다. 사막의 낙타처럼 그는 사랑을 찾아 끊임없이 떠돌아야 하는 운명을 지니고 있을지도 모른다는 생각을 하게 된다.

내 말이란 저 바다 위에 점점이 떠 있는 섬입니다. 그대에게 다가가지 못하는 섬입니다.
당신은 섬의 어법도 모르고 내 어법도 모르고 나도 당신의 어법을 모릅니다.
당신의 주소도 모릅니다. 내 마음도 저 바다 위에 뚝뚝 지는 동백 꽃잎 같은 것입니다.
당신은 동백의 어법도 모르고 동백 꽃잎을 싣고 먼 당신을 찾아갈 물결의 어법도 모릅니다.
동백 꽃잎을 대하고 속삭일 당신의 어법을 나도 모릅니다.
하나 당신의 어법에 익숙해질 때까지 나는 저 바다 위에 떠 있는 섬입니다.
　　　　　　　　　　　　　　　　　—「리아스식 사랑」 부분

시적 화자는 말한다. 사랑하는 당신의 주소도 당신의 어법도 모른다고. 그가 사랑을 묵상하며 사막의 낙타로 떠돌아야 하는 이유가 여기에 있다. 꾸불꾸불한 리아스식 해안을 따라가듯 사랑의 행방을 추적해 가는 것이 그에게는 존재의 이유다. "당신의 어법에 익숙해질 때까지 나는 저 바다 위에 떠 있는 섬"이라는 고백은 사랑을 기다리겠다는 표면의 어법을 넘어 영원이라는 시간성을 내포하고 있다. 사랑을 찾아 영원히 떠돌겠다는 표현과 사랑을 영원히 기다리겠다는 태도는 한 치의 오차도 없이 등가의 의미를 가지고 있다. 사랑은 그에게 언제나 부재인 까닭이다.

있다고 하고서 안으면 안기지 않는 사랑, 없다고 하고서
돌아서면 멀리서 안기려 달려오는 사랑, 하나 안을 수 없는
사랑, 불러도 대답 없는 사랑, 부르지 않으면 귀 기울이다
가 부르면 멀어지는 사랑, 있으나 없는 사랑, 없으나 늘 내
게 있는 사랑, 보려고 하면 보이지 않는 사랑, 보지 않으려
하면 어느새 어렴풋이 떠오르는 사랑, 안드로메다 어느 별
에서 만날 것 같은 사랑, 이제 영영 이별일 것 같은 사랑, 소
행성 B25를 걷다가 만날 것 같은 사랑, 하나 만날 수 없는
사랑, 내 사랑이라면 내 사랑이 아니고 내 사랑이 아니라면
내 사랑이라고 우기는 사랑, 어떻게 해야 하나, 내 사랑, 내
몰락에의 사랑
                                    —「없는 사랑에 대한 에스키스」 전문

그는 이전 시집에서도 「없는 사랑에 대한 에스프리」라는
제목으로 한 편의 시를 쓰고 있다. "오늘도 없는 사랑을 기
다립니다"라는 표현은 위 시와 같은 내포적 의미를 띠고 있
다. 그러한 부재의 상황을 그는 "아나키스트의 날들"이라고
규정하고 있다. 사랑에 대한 이 역설적 인식은 '있다. 그러
나 없다'는 종교적 명제를 연상케 한다. 이러한 인식은 기

실 자칫하면 허무로 빠져들어 갈 확률이 높다. 그러나 그렇지 않은 이유는 사랑을 향한 열정 때문이다. "백 년"은 물론 "천 년"도 사랑 앞에서는 짧다고 하는 열정이야말로 몰락에의 운명조차도 감수하며 사랑을 명상하게 하는 힘이 된다. 시간상의 영원과 공간상의 안드로메다를 향한 사랑이 우주적인 넓이와 깊이를 가지면서도 비애의 몸짓을 하고 있는 이유도 사랑의 몰락이라는 예감과 관련이 깊을 것이다. "지금도 당신의 別辭로 휘날리는 몇 잎 남았던 청매화 꽃잎/ 지나가 버리는 것은 정말 지나가 버린다 저 휘날리는 別辭, 別辭"(「지나가 버리는 것은 정말 지나가 버린다」)라는 깊은 탄식이 비애의 의미를 머금고 있는 것에서 사랑에 대한 절망과 희망의 주기가 여전히 운동의 차원으로 남아 있다는 것을 알 수 있다. 따라서 비애의 몽상은 역동적인 형상을 취하고 있다.

사랑은 짐승입니다.

사랑이 사랑을 잃어버렸을 때는 어둠이고 빛이고 물어뜯으면서 미쳐 날뛰는 짐승입니다.
사랑 앞에서는 사랑만 말해야 합니다. 사랑 외에 어떤 주제나 담론이 있을 수 없습니다.
피골이 상접해도 사랑으로 연명하고 사랑으로 별을 끄고 사랑으로 환히 켭니다.
사랑에 빠져 곧 익사해도 지푸라기를 잡으려고 허우적거리지도 않습니다.

사랑은 사랑을 위하여 기꺼이 간까지 내주는 것이 사랑
입니다.

(…중략…)

그대는 지금 사랑을 잃은 사랑이란 짐승입니다.
그대는 지금 눈물 속에 드러누운 눈물이란 짐승입니다.
털이 눈물에 젖었고
눈물의 가쁜 숨 몰아쉬면서 눈물의 호흡을 합니다.
그대의 눈물로 안드로메다가 은하수가 우주가 흠뻑 젖
는 것 같습니다.
내 곁에 없는 내 사랑마저
그대 눈물에 흠뻑 젖어서 끝없이 축축 처져 내리는 밤입
니다.

—「사랑이란 짐승」 부분

만해의 「님의 침묵」을 연상시키는 유장한 스타일은 의미
의 중첩을 통해 보다 핵심적인 주제에 접근한다. 무엇보다
사랑이라는 관념을 짐승에 비유함으로써 생명력을 불어넣
고 있다. 사랑이 추구해야 할 어떠한 가치가 아니라 스스
로 사랑을 찾아가는 역동적 존재라는 점에서 시인은 사랑을
"영혼이 맑은 짐승"이라고 규정하고 있다. 사랑이 사랑을
잃었을 때는 아무런 가치가 없는 존재가 된다는 점에서 사
랑은 스스로 가치를 규명해야 한다. 따라서 시 전체의 내용

이 절망과 비애로 점철된다고 해도 사랑은 또다시 사랑을 찾아가야 하는 것이다. "내 곁에 없는 내 사랑"이라는 점에서 여전히 결핍으로 인한 비애의 분위기를 풍기지만 사랑을 잃고 "미쳐 날뛰는" 사랑이라는 짐승은 사랑을 회복하기 위해서 자신의 전 생애를 걸고야 말 것이다. 이러한 점에서 김왕노 시인은 사랑의 전사이자, 사랑이라는 이데올로기의 신봉자이다. "백 년" 혹은 "천 년"을 흘러도 그의 사랑은 다른 곳으로의 이전 혹은 전향을 거부한 채 낙타처럼 터벅이거나 섬이 되어 기다릴 것이다. "내 영혼의 거처를 네게로 옮길 것이다"(「너를 위한 에스키스」)라는 의지의 표명은 사랑의 소멸과 몰락을 넘어서는 뜨거운 호흡으로 작동하게 된다. 또한 "우리는 원수처럼 만나/ 전쟁처럼 살았다"(「그대와 사는 법 2」)는 진술은 그대와 나와의 관계성을 보게 한다. 따뜻하고 우호적인 이미지의 무엇이 아니라 혹독한 전쟁 같은 사랑의 대상이 그대이다. 그의 사랑이 왜 성난 파도나 짐승의 이미지를 띠고 나타나는지 짐작케 한다. "백 년", "천 년"을 넘는 사랑은 끝없는 역동적인 움직임 속에서 서로의 상처를 온전히 내면화하는 일일 터이다. 이렇게 해서 만나는 사랑은 그 무엇으로 인해 사라지거나 깨지지 않을 것이다. 그러나 그것은 미래의 일이다. 시인의 사랑은 어떠한 이데올로기로도 전향을 거부하고 가시밭길을 걸을 것이다. 전향을 모르는 사랑, 이것이 사랑의 시편들에 내재된 주된 의미망인 것이다.

4

김왕노의 시적 특성 가운데 하나는 리듬감을 살린 이미지들을 중첩시켜 가며 내면의 심리 상태를 거침없이 드러낸다는 것이다. 평론가 홍용희는 「주술의 리듬과 연쇄반응」이라는 글에서 김왕노의 시를 언급하며 리듬의 주술이 표나게 꿈틀거리며 생동하는 면모를 감지할 수 있다고 평가한 바 있다. 김왕노 시의 리듬은 시적 의미의 확충에 큰 기여를 하고 있다. 대상에 대한 집요한 반복적 규정이나 주술적 반복 등은 시적 울림통을 확산시켜 언어의 표면적 의미와는 다른 곳에 독자의 사고를 위치시키는 힘을 발휘한다.

  고맙다 파란만장아
  네가 아니면 어떻게 그렇게 출렁였고
  네가 아니면 어떻게 그렇게 슬퍼했겠고
  네가 아니면 어떻게 그렇게 아파했겠고
  네가 아니면 어떻게 그렇게 헤매다가
  꽃을 보고 새를 만나고
  그 먼 강둑에 앉아 흐르는 강물을 보았을까.

  파란만장하니 인생이다.
  파란만장하니 노래한다.
  파란만장하니 사랑한다.
  파란만장하니 그립다.

파란만장아 고맙다, 파란만장하니 고맙다.

—「그리운 파란만장」 전문

　자신이 살아온 삶의 전 과정을 그는 "파란만장"이라고 규
정하고 있다. 신산하고 굴곡진 삶의 과정을 뜻하는 "파란만
장"을 오히려 자신의 삶을 추동하는 동력으로 전환시키는
상상력에는 동물성이 내포되어 있다. 대상을 향해 거침없
이 달려 나가는 속성이 그것인데, 반복적 리듬을 통한 거친
호흡의 획득은 야생의 목소리를 들려주는 효과가 있다. 대
상이나 관념을 향해 점진적으로 접근하다가 끝내 대상이나
관념으로 스미는 느낌을 받게 되는 것도 그의 시편에 나타
나는 주술적 리듬 때문이다. 이렇게 해서 "파란만장"이라는
관념은 전혀 새로운 의미를 획득하게 된다. "파란만장"이
라는 관념에 그는 고맙다는 헌사를 보내는 것이다. 「사상의
거처」에서도 거친 호흡으로 김남주 시인을 추모하고 있다.
'나의 칼 나의 피'로 상징되는 김남주 시인의 시정신을 자신
의 사상의 거처라고 밝히면서 오늘날의 시대정신을 드러낸
다. 이 긴 시편에서도 누이와의 지속적인 대화 형식을 통하
여 불의한 시대와 맞서고자 했던 한 시인을 추모함과 동시
에 그 의미를 자신에게 현재화하는데, 지속적이고 끊임없
는 독백을 통하여 그 의미를 확산시키고 있다. "누이야, 누
이야, 철없는 누이야, 하나 나를 일깨우는 누이야"(「사상의
거처」)와 같은 호명 속에서 대상이나 관념에 도달하고자 하
는 열망을 보게 된다.

누구에게나 국적이 있지만 나의 국적은 너다.

한때 나의 국적은 풀꽃이었고

한때 나의 국적은 내리는 봄비였지만

지금 나의 국적은 너로 바뀌었다.

지금껏 내가 걸은 길은 네게로 가는 망명의 길

푸른 봉분을 가진 내 무덤을 쓸 곳은 바로 너다.

이중 국적이니 국적 불명도 아닌 나의 국적은 너다.

—「나의 국적」 전문

이 시는 구조상으로 보면 "나의 국적"에 대한 연속적 탐구를 통해 "나의 국적"에 대한 규정에 도달한다는 특징으로 구성되어 있다. 모든 과정들의 귀결이 "나의 국적은 너다"라는 데로 모아진다. 형식적으로 보자면 「그리운 파란만장」과 같이 연속과 반복은 대상과 관념으로의 점진 효과를 낸다. "나의 국적"에 대한 탐구는 여러 번의 수정을 통하여 "너"라는 개념으로 진입하게 된다. 그러는 가운데 발생되는 이미지의 중첩은 시적 의미에 더께를 부여함으로써 단일한 의미망을 일탈하게 만든다. 만해가 고도의 추상적인 개념을 에로스적 상상력으로 환치함으로써 시의 중층적 의미를 구조했던 것과 유사한 맥락을 발견하는 것이다. 스스로 의식했든 안했든 간에 이러한 순간에 김왕노의 시가 극도로 명백해진다는 사실을 발견하게 되는데 이것은 의식의 치열성과 밀접한 관련이 있는 듯 보인다. 대상이나 관념을 고도로 밀고 나가는 지점에서 그는 주술적 반복과 연속적 호명을 통하여 의미를 강화시키고 이미지를 중첩시켜 나가는 것이다. 김왕노 시의 애매성은 이러한 점에서 보다 시적이며 건강하다. 그러나 시의 시적 리듬이 단순히 어휘나 어구의 반복을 통해서만 이루어지는 것은 아니다.

> 2014년 2월 초입 살얼음 낀 임진강변에
> 아직도 바람을 업고서 강 건너편을 향해
> 허리를 반쯤 찬물에 담그고 선 갈대는
> 우리가 달래서 집으로 데려오지 못한 실향민
>
> 그 강물 얼마나 깊고 세찬지
> 아직도 배 띄워 그가 건넌 적 없다.
>
> —「갈대본색」 전문

위 시와 같이 선명한 이미지의 시편에서 거의 적확하게 4음보의 시조 운율을 발견하게 된다. 이러한 운율의 선택을 통하여 여백의 적막함을 독자에게 선사한다. 산문시가 성행하고 더러 어떤 시는 왜 산문이어야 하는가에 대한 자기 설득이 부족한 경우를 자주 보아 온 터이고 보면 다양한 리듬을 적절하게 구사하고 있는 김왕노의 경우는 형식적 부분에서 고전적 면모를 풍기고 있다. 리듬의 자유자재는 다양한 얼굴의 시를 생산하는 데 결정적인 역할을 한다. 시적 스타일에서 가장 큰 부분을 차지하는 것이 리듬이다. 김왕노의 시가 다양한 포즈를 가지는 것이 다양한 리듬에서

117

비롯된다는 결론에 도달하게 된다. 그리고 리듬이 살아 있는 시가 그의 시편 가운데 가편인 경우가 많다는 사실은 그의 생래적 운율 감각을 엿보게 한다. 개별적 사실이나 경험을 보편적 울림으로 이끌어 오는 지점에 김왕노 시의 운율적 효용이 잠재한다는 사실은 그의 시를 읽히게 하는 요소로 작용하는 것이다.

5

굳이 내 나름의 분류를 하자면 김왕노 시인을 유미주의자로 생각하고 있었다. 아름다움으로의 투신, 그에게는 사랑으로의 투신이겠지만 어떤 조건도 없는 그 시적 투신이 아마 그를 그렇게 생각하도록 한 것이다. 남성성과 섬세함의 길항 관계에서 그의 시가 비롯될 것이라는 짐작도 있었다. 이번 시집을 읽으며 또 다른 발견을 하게 된 것은 타인에 대한 관심이다. 「몸을 건너가는 것」과 같은 시편에서는 월출 아지매로 상징되는 인고의 여인상을, 「오동나무집 이모」에서는 이모의 비극적인 여생에 대한 연민을 보여 준다. 「울음 밥그릇」의 독거노인과 「맛조개」의 노숙인의 비애는 오늘날 우리가 안고 있는 사회의 깊은 그림자를 쓸쓸하게 기록하고 있는 것이다. 또한 눈에 보이지 않는 부조리의 온상을 그는 「당국」이라고 날 선 비판을 하고 「갈대본색」에서는 분단의 문제까지 섬세한 문체로 그려 내고 있다. 그가 꿈꾸는 세상은 아마 「만물의 밥상」과 같이 "이 땅의 햇살이니 비니 거름을 모아 차리는 진수성찬"을 함께 먹는 일일 것이다. 이 고발 성격의 시와 타인에 대한 관심이 그의 시에서 어떤 행로로 향하게 될지도 궁금하지 않을 수 없다.

　지나치게 바쁜 일정 속에 시 전편을 거칠게 다룬 감이 없지 않다. 미안한 마음이다. 함께 술집을 전전하면서도 그는 언제나 절제의 미덕을 잃지 않고 후배들을 챙기는 언덕의 역할을 해 왔다. 시인축구단 글발의 단장으로서도 귀찮은 선배 역할을 마다하지 않는 큰형과 같은 존재이기도 하다. 어디를 가든지 집으로 돌아갈 때 그는 꼭 그 지역의 먹거리를 집에 사 가는 편이다. 값이야 얼마나 비싸겠냐마는 집에 있는 가족들을 생각하는 그의 따뜻한 마음을 지켜볼 때마다 어린 시절 내 아버지를 생각하곤 하였다. 어쩌면 그의 시에 드러나는 인간에 대한 따뜻한 시선도 이 지점에서 생겨나는 것이리라. 어떤 수사도 걷어치우고 맑은 눈으로 쓴 아래 시에서 그의 시적 진정을 읽는다. 그의 용맹정진에 그저 사족을 달았을 뿐이다.

　　서로의 상처를 더듬거나 서로의 마음을 헤아리는 게
　　누구에게나 오래된 독서네.
　　일터에서 돌아와 곤히 잠든 남편의 가슴에 맺힌 땀을
　　늙은 아내가 야윈 손으로 가만히 닦아 주는 것도
　　햇살 속에 앉아 먼저 간 할아버지를 기다려 보는
　　할머니의 그 잔주름 주름을 조용히 바라보는 것도

세상 그 무엇보다 중요한 독서 중 독서이기도 하네.

하루를 마치고 새색시와 새신랑이

부드러운 문장 같은 서로의 몸을 더듬다가

불길처럼 활활 타오르는 것도 독서 중 독서이네.

아내의 아픈 몸을 안마해 주면서 백 년 독서를 맹세하다

병든 문장으로 씌여진 아내여서 눈물 왈칵 쏟아지네.

—「오래된 독서」 전문